완 에덴 가다

완 에덴 가다

초판 1쇄 인쇄	2014년 08월 22일
초판 1쇄 발행	2014년 08월 29일

지은이   박 원 금
펴낸이   손 형 국
펴낸곳   (주)북랩

편집인	선일영	편집	이소현, 이윤채, 김아름, 이탄석
디자인	이현수, 신혜림, 김루리	제작	박기성, 황동현, 구성우
마케팅	김회란, 이희정		

출판등록   2004. 12. 1(제2012-000051호)
주소   서울시 금천구 가산디지털 1로 168, 우림라이온스밸리 B동 B113, 114호
홈페이지   www.book.co.kr
전화번호   (02)2026-5777   팩스   (02)2026-5747

ISBN   979-11-5585-325-2 03810(종이책)   979-11-5585-326-9 05810(전자책)

이 도서의 국립중앙도서관 출판예정도서목록(CIP)은 서지정보유통지원시스템 홈페이지(http://seoji.nl.go.kr)와
국가자료공동목록시스템(http://www.nl.go.kr/kolisnet)에서 이용하실 수 있습니다.
(CIP제어번호 : CIP2014024964)

말씀의 시 찬양의 시

완

에덴 가다

박원금 시집

북랩 book Lab

책 앞에

「완」과 「복락원」을 펴낸 지도 어느덧 20여 년이 되었습니다. 독자들의 사랑을 많이 받았던 이 글을 다시 내놓을 수 있게 되어 저는 설렘을 금할 수 없습니다.

20여 년간 우리들 '완(one)'인 「남편과 나」의 여정은 '복락원'이라는 에덴적 삶과 표리일체를 이루게 된 기간이었습니다.

또다시 독자들을 만나야 하는 의무감을 갖게 되었습니다. 하나님의 뜻을 받들어 순종함으로 「완」과 「복락원」을 재출간하여 독자들을 다시 뵙게 됨을 진심으로 감사드립니다.

Contents

Contents

1

다락방

신부

오 주님
저는
주님의 신부
아름다운 신부되기 원합니다
세마포에 감추인
순결
주님 향한 내 마음의
사랑입니다

주님처럼

나로 맑은 물소리되게 하소서
누구인가 그 샘에 씻어
청사슴 닮게

나로 청아한 노래되게 하소서
누구인가 그 노래에 젖어
비둘기 닮게

나의 수선화이신

사랑하는 주님
당신이 만약 한 떨기 수선화라면
낭떠러지 깊은 계곡에라도
찾아가리다
오 제게 임하소서
수선화의 그윽한 향기로 오시옵소서

다락방

주님께서 문 두드리시고 들어오시는

이 다락방

밤빛이 짙고

고요한 시간

오 주님

저는 잊을 수가 없을 것입니다

훗날 세월 속에 흩어진 추억들을

알알이 구슬로 꿰일 때

이 영롱한 밤빛의 아름다움을 저는 잊을 수가 없을

것입니다

쟈스민 다의 향기가 배어 있는

이 조그만 방

밤하늘의 별을 세어보다가

주님 품안에 포근히 잠들던

이 아름다운 다락방을

저는 진정 잊을 수가 없을 것입니다.

나는 풀잎

주님사랑의 이슬 먹고 사는

나는 가장 조그만 풀잎

주님사랑을 한 끼도 거르지 못하는

나는 가냘픈 풀잎

주님사랑 없이는 살 수도

존재할 수도 없는

나는 여리디 여린 풀잎

주는 나의 호수

주는 나의 호수

주님 모습 비추이는

잔잔한 호수

해가 뜨면

산과 나무들 산새들도

호수 위에 노닐고

석양에는

산과 들은 온통 빨갛게 타오르는

노을진 호수

밤이 되면

나무들과 산새들이 깰까보아

별들이 살며시 놀다 가는

주님의 미소처럼

잔잔한 호수

향기로운 옷자락

주여
하늘빛이 어찌 그리 아름다운지요
이담에 창살 없는
아주 커다란 창 하나 갖고 싶어요
파아란 하늘빛은
눈부시도록 어루만지시는
주님의 손길이에요
저의 마음 설레이도록
향기로운 옷자락이에요
나의 더러워진 마음 덮어주세요

행복

참된 행복은
커다란 집속에서 뛰놀며
뾰족한 파란 지붕을
쳐다볼 수 없는
작은 아이 같다
주님 품안에서
자신의 얼굴조차 잊어버린
아주 작은 꼬마인 것이다.

수정빛 물가

주여

내 마음은 이끼가 끼지 않는

수정빛 푸른 물가이고 싶어요

주님의 눈빛을 읽을 수 있는

잔잔한 물가이고 싶어요

한호리 욕심도 사심도 없는

청결한 마음의 물가이고 싶어요

어린 비둘기의 눈빛처럼

순결한 마음의 물가이고 싶어요

왕 에덴 가다

소망샘

주님은
청록빛
깊은 샘
나는 두레박 되어
하늘이 비추이는
소망을 길어낸다
누님의 눈빛처럼
해맑은
소망샘.

신부

주님과 결혼한

나는 주님의 뿔라

주님의 새 이름이 새겨진 나는

주님의 헵시바

주님과 결혼했으므로

나는 주님의 영원한 신부

주께서 말씀하시기를

네게 나의 아름다움이 있고

네게 나의 사랑이 있구나.

사랑하는 자야

사랑하는 자야
기쁨으로 찬양하라
너는 나의 비파
너는 나의 시
사랑하는 자야
날 위하여 비파로 찬양하고
지혜의 시로 찬미하라.

떡반죽

나 누구이온데
당신 손에 붙잡혔습니까
나 무엇이길래
당신 손에 붙들렸습니까
나의 강팍함을 녹이시고
나의 완악함을 부수시고
나의 교만함을 깨뜨리시어
당신 손에 붙들린 나는
행복한 떡반죽입니다.

연모

난초보다 더 우아하시고
백합보다 더 아름다우신
나의 주님이시여
향기로우신 발로
구름을 타고 오시옵니까
바람을 타고 오시옵니까
내 마음의 창으로
살며시 오시옵니까

호롱불

주님

달빛을 담은 호롱불 켜고서

별처럼 초롱 초롱

빛나는 시로 수를 놓아가겠어요

나의 밤은

주님을 맞이하려고

곱게 단장한 신부되어

다소곳 앉아 수를 놓겠어요

주님을 위해

오래 기다려온

나의 밤이에요

날마다 주님을 맞기 위해

등불을 켜고 기다리겠어요.

자연의 빛

주님은 내게 자연의 빛깔만

남기셨어요

오랜 세월로 표백된

흰 세마포 빛 속에

나를 말갛게 씻기시고

욕망의 색을

내게서 제하여 버리셨어요.

옥합

주님의 뜻만이

나의 전부가 되게 하소서

주님의 뜻을 이루기 위해

태어난 자

복된 자라 하옵소서

향기름을 담기 위해

마련된 옥합인 양

거룩히 성별된 자가

되기 원합니다

사랑의 향기

사랑의 기름으로

가득 채워진

주님의 옥합이 되라 하옵소서

이 몸을 깨뜨려

그 향기 온 세상에 발하고저

이 마음 주님 보좌에

찬양의 향기되어

끊임없이 오르게 하옵소서.

왜 에덴 가다

흰 세마포

주님을 사모하는 마음은
아름답게 수놓은
하얀 세마포 입고
주님의 손이 이끄시는 데로만
따라가는
조그만 아이가 되고파요
주님이 입혀주신 세마포는
순결한 흰 옷입니다
주님을 그리워하는
손길로 수놓은
오직 주님의 말씀만
순종하고 싶은
나의 고백입니다.

시의 화원

주님을 꼭 붙잡고 놓치고 싶지 않아
시의 꽃내음을 맡고 있었지요
주님 품을 떠나고 싶지 않아
시의 동산을 거닐었지요
주님과 언제까지라도 언제까지라도
함께 있고 싶어
시의 화원에서 마냥 뛰놀았지요
주님의 품안에 긴긴 쉼을 얻으려고
시 23편 다윗의 정원에
앉아 있었지요.

음악가 옷

사랑하는 이가
음악가 옷이라
이름 지어준
내 원피스
10년 동안
올올이 보푸라기 일었네
이 옷의 대를 이을
또 하나 음악가 옷 있다면
내가 즐겨 읽는 시처럼이나
정겨운 벗이 될 텐데.

기아 난민

과일을 먹으려하면 떠오르는

얼굴, 얼굴들

못 먹어요 정말 못 먹겠어요

그들이 웃지 않으면

그들도 아버지의 한 형제 자매요

우리 살과 똑같은 살

내 파와 똑같은 피

국경 너머의 나의 가까운 이웃

그들이 웃지 않으면

내 목구멍에 맛있는 것

넘기지 못해요

그들이 풍성함으로

한번 웃는 얼굴 보았으면

한 번만이라도

풍성함으로

기뻐 춤추는 것을 보았으면

내 아버지 하나님!

하늘의 만남을 내려 주소서

저들의 영혼이라도 배부르면

허기진 몸도

소생함을 얻지 않겠어요?

우리의 식탁에 오늘도

그들과 함께 식사를

나누어 봅니다.

한 수저 뜨는 밥도 조심스레

그들과 하나 되어 나누어 봅니다.

주님 발 앞에

나의 주님
나의 사랑이시여
어찌하여 나를 서성이게 하옵니까
사랑함으로 말미암아
안절부절하게 하시옵니까
이 밤에도 말씀 속을
거닐며
주님 서 계신 발 앞에
나 머리 조아려
눈물로 주님 발을
적시고 싶사옵니다.

가장 가까운 사람

가장 가까이 있는 사람이
적이 될 때 있고
가장 가까이 있는 사람이
스승이 될 때 있고
가장 가까이 있는 사람이
주님이 될 때가 있고
가장 가까이 있는 사람이
바로 나일 때가 있다.

과분합니다

주님 이 자리가 좋아요
가장 낮은 자리
비천하게 여김을 받는다 해도
오히려 과분하기만 한 자리
주님이 언제나 찾아주시는 곳
평화가 깃드는 곳
사랑을 가지고 오시고
기쁨을 가지고 오시는
축복된 자리
저를 이 자리에 앉게 하소서
이 자리를 떠나지 않게 하소서
가장 낮고 낮은 자리
긍휼히 여기심을 얻을 자리
주님께서 이 땅에 계실 때
앉으셨던 그 자리 곁에 앉고
싶어요
아무것도 감당할 수 없는 이 좋은
무익한 존재일 뿐

주여 낮고 비천한 자리에

내려앉게 하소서

그 자리를 떠나서는 아무것도 감당할 수 없는

연약한 존재이기에.

2

완(one)의 산성

완(one)의 부부

완의 부부
백합꽃 안에 살아요
꽃잎의 이슬 마시고
꿀을 먹으며
꿀벌처럼 살아요

완의 부부
새둥지 안에 살아요
나뭇가지로 지붕 엮고
보금자리 만들어
산비둘기처럼 살아요

완의 부부
수정강가에 살아요
태양을 벗삼아
조약돌처럼 살아요

완의 부부

푸른 초원에 살아요

하늘을 장막삼고

바위를 병풍삼아

아기 노루처럼 살아요.

※ 완(one): 한마음으로 한 몸을 이룬 사랑하는 부부를 완이라 했다. 또한 사랑하는 이들이 서로를 부르는 이름이기도 하다.

완이 되기 위해서

완이 되기 위해서
나 자신과 오랜 싸움을 해야 했습니다
완이 되기 위해서
진주를 품는 아픔을 견뎌야 했습니다
완이 되기 위해서
모든 것을 다 버려야 했습니다
완이 되기 위해서
날마다 죽어야 했습니다
완이 되기 위해서
날마다 죽어야 했습니다
완이 되기 위해서
완의 리듬을 타고 가야 했습니다.

완(one)의 산성

주님은 우리의 산성이시니

한 몸 이룬 완의 부부

곧 산성이요 피난처입니다

우리의 한마음으로 산성 이루고

우리의 한 몸으로 성벽 이룹시다

부부의 완(one)은

주님의 거룩한 산성입니다.

연단

우리 부부가 광야로

무작정 떠나간

괴나리봇짐 7년

산을 넘고 강을 건너

벼랑을 타고

고비고비

끝없는 길

지친 길

우리 주님 인도자 되셨네

태양으로 인도하시고

구름으로 인도하시어

마침내 다다르게 된 산

완(one)의 산상봉

백합화 핀 에덴 동산

주님 품안이었네.

최대의 큰 상급

우리가 완(one)이 되면

당신은 나의 몸의 구주

우리는 주님의 몸을 이루고

완(one)은 주님이 완성하신

우리에게 베푸신 최대의 큰 상급

완(one) 속에 사랑은 꽃 피우고

완(one) 속에 사랑의 줄은 오고가고

사랑의 교통이 이루어집니다

아담과 하와의 완(one)의

기원을 찾아가 봅니다

하나님께서 만드신 최고의 작품이여

완의 부부를 만드신 사랑의

손길이여

부부의 완은 너무 아름답습니다

완의 부부는 주님의 형상입니다

완은 천국이 임하는 처소

천국의 향기가 있고

과일처럼 달콤한 향기입니다

완(one)은 에덴의 열린 문입니다

완이 되면 자동으로 열립니다

완 속에 거하시는 주님은 말씀하십니다

서로 사랑하여라.

성결식

목련꽃 필 때
내 님은
비둘기 빛 정장하시고
오신다 했다
그대 기다림의 뜨락에도
봄이 오는데
오늘도 창밖을 내다본다
왜 그리 더디 피는 걸까
내 마음 엿보더니
봄바람 시중 든다
밤새도록 꽃봉오리 달래이더니
이제사 갸우뚱
고개 쳐든다
하이얀 목련꽃 드레스 만들어
우리들만의 성결식 때엔
나의 왕자님과 여행을 떠나리.

제일 기뻐요

완(one)이 된 것이 제일 기뻐요
그저 믿기만 하여도 기뻐요
사랑하면 완이 되고
완이 되면 부활되어
알에서 깨어나지요
완은 어둠 속을 뚫고 나와
빛 안으로 들어옵니다
완이 되면 싹이 나고
반드시 열매를 맺게 되지요
완이 되기 위해 썩어지는
밀알 되어야 해요.

존귀한 사람

내 사랑 완(one)은
존귀한 사람이다
제2 아담의 주님 형상이 있다
그를 존경함이 주님께 함이다
그에게 주님이 거하신다
우리 완(one) 속에 거하신다
언행심사 조심하여
주께 하듯 하리라.

당신의 성전

향기로운 백합화 심겨있는
이 몸은 당신의 뜰 안입니다
달콤한 포도 넝쿨 울타리 진
이 몸은 당신의 돌담입니다
사랑으로 완(one)이 된
우리는 당신의 성전입니다.

나의 황태자

완!
그대를 사랑함은
나를 사랑함입니다
그대는 나이지요

완!
그대는 나의 황태자
나는 그대의 황태자비
그대를 사랑함으로
나는 존귀하게 되지요.

그대 품안에

그대를 안으면

나아드의 향기름이 흘러내려요

그대 품안에 안기면

한줌 프리자꽃 향기이고 싶은

나는 그대만의 꽃지

우리의 사랑은 10년 12달 되어도

꿈결 사랑

밤마다 안아도 안아도

언제나 아쉬움 머물지요

그대를 안으면

달빛 젖은 하얀 배꽃 같은

설레임이 일어요

그대 등에선

버찌·오디·다래 향기가 나요

고향! 고향! 소리 내어 안으면

가슴 속까지 싱그러운

고향냄새

꿈을 깨우지 말고

그대 품을 산책했으면

꿈일랑 깨우지 말고

그대 향기 내게 머물렀으면.

순종자

완!
그대 주님형상 이루소서
나 지체는 아무것도 아닙니다
그대와 나는 한 몸
나는 없습니다

완!
그대는
나의 머리 나의 지휘자
나 지체는 순종자
나는 없습니다
내 주장도 없습니다
말씀 그대로 하나일 뿐입니다.

등불이 켜질 때

완!
사랑의 등불이 켜질 때에야
당신은 내 몸의 구주임을 알았어요
등불 밑에서 부드러운
당신의 눈을 바라봅니다
눈을 감아도 보이는
당신의 따뜻한 시선
눈과 눈의 만남 속에
사랑은 혈관을 타고
온몸으로 즙처럼 잦아들면
꿀이 되어 녹아내립니다

완!
등불을 밝혀요
온 누리에 사랑의 불을 밝혀요
사랑은 빛이랍니다
우리의 마음을 밝혀주는
등불입니다.

— 이는 남편이 아내의 머리됨이

  그리스도께서 교회의 머리됨과

  같음이니 그가 친히 몸의 구주시니라 — (엡 5:23)

축복 임하리

한마음 되면 축복 임하리

한마음 되는 곳에

예수님은 임재하시고

한마음 우리 기도

하늘 문 열리리라

한마음 되면 사랑은 흘러가고

한마음 되면 천국에 도달하리라.

강의 순례

완(one) 속에 피어나는 백합화

내 사랑하는 이는

에덴의 백합화 동산에 있군요

당신을 사랑해요

진정 사랑합니다

저 아름다운 꽃 생생히 보려고

나는 당신 속에 있고

당신은 내 안에 있어

우리 사랑하여 완(one)이 되면

꽃은 계속 피고 또 피어나겠지요

세상의 것들을 사랑하지 않으려

가슴을 비우려고

머리를 비우려고

에덴의 꽃이 핀 저 열려 있는

강 따라 나아가는

우리 순례여

수많은 강을 돌며

수백 번 돌고 돌고

또다시 가는 끝없는 여정

오직 한 송이 완의 백합화

피우기 위해

또다시 갑니다

오늘도

내일도.

하나 되지 못하더니

창세적 아담과 하와가
죄로 인해 하나 되지 못하더니
하나님께서 독생자 보내시어
한마음으로 완(one)의 부부
다시 되었네
주 예수는 우리의 축복되셨네
빼앗긴 한마음 부부
다시 회복 받았네
주 예수는 우리의 승리
주 예수는 우리의 상급.

뿌리가 잎에게

어느 나무의 뿌리가 잎에게

끊임없이 속삭입니다

뿌리와 잎의 나눔의 행복처럼

완(one)은 영혼과 영혼의 교제입니다

완(one)은 마음과 마음의 대화입니다

완(one) 일시적이 아닌

영원한 사랑의 노래입니다

완(one)은 사랑의 시입니다

완(one)은 한 남자와

한 여자의 이야기가 아닙니다

완(one)은 예수 그리스도에

관하여 말합니다.

완의 리듬

완(one)은 하나의 줄이 있다

완은 리듬을 탄다

완은 흐르는 강이다

완은 야곱의 사닥다리이다

완은 생명이다

완은 주님형상을 이룬다

완은 아무것도 누릴 수 없다

그러나 전부를 누리고 소유한다.

완 에덴 가다

진주빛으로 변하기까지

그만이 나를 완이라 부른다
온화하게
완아, 부르는 소리
자구 끝까지 가도 들려올 음성
내가 온통 진주빛으로
다 변하기까지 견뎌내고
불러준 이름
그만이 나를 완이라 부른다
완아, 부르는 소리
집안 구석구석에도
내 체취에도 향기처럼 스며있다
그와 나는 한마음이다
하나다
완이다
오직 완(one)이 되고 싶어
세 글자도 두 글자도 멀어서
완이라 했다
그만이 나를 완이라 부른다.

최고 만나

완 속에서 기쁨을 누리노라면
하늘 양식이 이슬처럼 내린다
만나 중에 최고의 만나
활기찬 영양소로 새롭게 한다
완은 희락의 활력소
완은 사랑의 양약
완만큼 좋은 보약은 없다.

완(one) 다이아몬드

오! 완(one)의 완전함
너와 나의 하나 됨은
진정 완전하다
하나님 만드신 것 중에
가장 완전한 것
너와 나의 하나 됨이
어찌 그리 아름다운지
세상에 어떤 값을 치루어도
바꿀 수 없는
보배로움이여
다이아몬드처럼
빛나는 완(one)의 결정
완(one)의 신비여.

부부나무

주님

뜰 안에 사랑의 나무 바라보며

나는 열매를 찾아보았어요

가지마다 잎새마다

나는 열매를 줄곧 찾아보았어요

가지에도 잎새에도

나는 열매를 발견치 못했어요

겨울이 가고 가고

여름이 가고 또 가고

또다시 찾아온

이 가을

오, 주님

나는 이제야 예쁜 사랑의 열매

하나 찾아냈어요.

신뢰

한마음 된다는 것은
전적인 신뢰의 관계
어떠한 일이 일어나도
신뢰일 뿐
사랑은 모든 것을 믿는 것
한마음 된다는 것은
나는 간 곳 없고
말씀 그대로
하나가 되어야 할 뿐이다.

사랑 일어서기

강릉으로 가요

우리들의 사랑을 위해

일출의 태양빛보다

찬란한 근원의 그대 모습 보기 위해

대나무 매디 매디에

10년의 사랑 나이를 새겨놓은

대나무 숲은

언제나 우리들의 원대한 꿈의 제국

사랑의 시작이요 출발이던 곳

우리의 가슴을 열어젖히고

시원한 바다 넘실대는 곳

우리 사랑 일어서기 하러

강릉으로 가요.

그이의 봄

화사한 햇볕과 함께

마음속 깊이 피어나는

마음의 손길은

주님의 사랑의 손길입니다

먼 하늘 위의 창공과

산의 새들은

이제 피어오르는 생명들에게

기쁨의 소식을 전하여 줍니다

기쁨과 감사로 엮어진

나의 성결의 나래도

주님의 따사로움을 찬양합니다

부드럽고 연한

주님의 마음을 생각하옵니다

생기의 기운들 속에서

주님의 속삭임을 듣습니다

우주 만물은 속삭입니다

산과 들과 물고기와

해와 달은

나와 한마음 되어

하나님의 기쁨에 참여합니다

먼 옛날 창세 때

인간의 마음이 곱고

정결했고 아름다웠듯이

주여! 정결한 마음으로

변화시켜 주소서

순진한 어린 아이가 되어

마냥 주님 품안에 있기 원합니다

맑고 순진한 물고기들이

주님과 대화의 물결 속에

나를 담그고 나의 의지를 담그고

나의 마음을 담가서

주의 성품에 참여하게 하소서

마음속 깊이 깊이 피어 오르는

봄날의 기운이 주님을

더욱 더 사모하게 합니다.

(남편의 시)

오렌지 쥬스

그이와 매일 마시는
오렌지 쥬스
지금 이 한잔 속에서
그이와 만난다
함께 호흡 속에서 같이 마시는
이 감미로움이
국화꽃 같은 그리움을 안겨준다
해가 질 무렵에야
돌아오시는
먼 동구 밖에 발이 빠른
그분의 모습
오늘도
한잔의 오렌지 쥬스 속에 기다려진다
설레임을 달래면서
한 모금씩 마셔본다.

소요산 가는 길

우리 부부가
뜻을 세우고 결단할 때
언제나 나아가는 길
소요산 가는 길
사랑의 길
강 따라 가노라면
태양은 눈부시게 찬란한 길
소요산 가는 길
사랑의 길
소망 안고 행복 안고
힘 있게
돌아오는 길
소요산 가는 길
사랑의 길.

왕 에덴 가다

3

부활

'나의'의 소유격 되신 주님

— 여호와는 나의 산업과 나의 잔의 소득이시니 —
주님은 나의 산업, 나의 소득 자체이시다
— 아브라함아 나는 너의 지극히 큰 상급이라 —
하셨으니
주님은 나의 상급 자체이시다
나의 소유가 되시기 위해
나의 잃었던 전부를 찾아 주시려고
나를 도웁는 편에 서 계시려고
주님은 이 세상에 오셨다
친히 자신을 주시어 온통 나의 소유가
되시는 데까지 낮아지셨다
다윗은 '나의'의 소유로
자기 것으로 견고히 잡았으니
이 땅에 제일 부요한 왕
하나님은 나의 아버지시요

우리는 그분의 자녀

우리도 소유의 자기 몫을 확실히

붙들자

'나의'로 찾아 풍성하게 누리자.

아름다운 여인 룻

아름다운 여인 룻

그녀의 시어머니를 사랑함은

주님의 빛이 이방에게

비춰셨음이라

나오미를 붙쫓아

사랑의 길로 나아간

슬기로운 여인이여

그녀의 미래에는 시어머니의 나라와 백성이 기다리는

물설고 낯설은 땅일 뿐

오직 시어머니의 하나님이 그녀의 신이요

그녀의 유일한 소망이었어라

나오미와 룻의 한마음 속에

주님의 긍휼이 임하셨도다

룻의 안식을 준비하시어

따뜻한 보아스의 품속인

사랑의 안식에 들어갔도다

이는 주님의 영원한 품이었어라.

여호와는 나의 산업

하나님께서는 창세 때
인간에게 이 세상과 만물을
다스릴 권세를 주셨다네
인간은 죄로 말미암아 그 권한을
빼앗겼으나
더 좋은 하늘나라를 주시려고
주님은 죄로 막힌 담 무너뜨리시려
이 땅에 오셨다네
하늘나라는 주님의 공로로 다시
임하게 되었고
주 예수를 믿는 이마다 영생을
얻게 되었고
믿음의 분량대로 지경을 넓히기도
하며 자기 분깃대로 누리게 되었다네
주님은 하늘나라를 우리에게
주시기 위해
우리의 산업이 되시려고
빵 굽는 자의 기계 속에

구운 빵처럼 자기 몸을

드리시어 스스로 제물이 되셨다네

— 여호와는 나의 산업과 나의 잔의 소득이시니 —

그분은 우리의 산업이시니

오! 우리는 — '부족함이 없으리로다' —

우라의 산업의 손과 발이 되시고

우리 산업의 바퀴를 움직이시고

우리 산업의 아이디어가 되어 주시고

우리 산업을 계획하시고 이끄시는

총수시니

우리의 산업은 그분의 손에 의해

가동되도다

하나님은 '나의 잔의 소득'이시니

실로 '우리 잔이 넘치나이다'.

극상품 포도주

주님을 만났던 사람들은

물이 변화된 포도주 같은 이들이다

가나 혼인 잔치에서

주님의 최고 포도주를 즉석에서 만드셨다

이 포도주 사건은

주님께서 창조 사역의 주인이심을

선포하려 하심이다

사람들은 더 좋은 포도주를 위해

오래 저장한다

주님은 좋은 포도주 같은 사람들을

오래 묵혀 만드실 필요가 없으시다

시공을 초월하시고 변화를 단축하시는

주님은 가나의 포도주처럼

희어져 추수할 알곡 같은 (요 4:35)

저 수많은 에덴의 아담들을

단번에 산출해 내신다

오래 묵혀 만드신 모세의 포도주도 귀하지만

사울이 변해 바울이 된 포도주

또한 극상품 중에 극상품 아닌가.

― 시온은 구로하기 전에 생산하며

고통을 당하기 전에 남자를 낳았으니 ― (사 66:7)

일어나 빛을 발하라

영광! 영광!

하나님의 영광이 온 땅에 임하였다

무너졌도다 죄의 담

해방되었도다 죄의 멍에에서

영광의 주

우리와 함께 하신다

모세에게 임하였던

영광의 빛 (출 3:1)

우리에게 비추이셨네

일어나라 빛을 발하라 (사 60:1)

주의 빛이 네게 이르렀다.

예수님은 마침표

십자가를 지심으로

부활하심으로

예수님은 우리 완성의 마침표 되셨어요

주님의 이름으로 마침표를 찍으셨어요

우리의 응답의 결재를 내리시는

도장처럼요

주님 말씀 안 하서도 되지요

이미 결재는 끝났으니까요

우리 모든 문제는 통과! 통과!

기쁨으로 버튼을 누르세요

기쁨으로 나아가면 되어요

자동으로 열려요

프리 패스. (자유로이 통과)

다윗의 확실한 언약

다윗과 주 예수 그리스도와의 시간의 상거는 멀다
그러나 다윗은 주님과 간격 없는
확실한 언약을 갖고 있다
정확 무오한 언약을
예수 그리스도의 시간은 무한하다
역사의 기준이다
시간의 정점이다
하나님과 격차도 간격도 없다
그러나 다윗에게서는 일정 기간의
시간적 소요를 보내야 한다
― 내가 산 자의 땅에 있음이여
여호와의 은혜 볼 것을 믿었도다 ― (시 27:13)

다윗은 산자의 땅인
주님 시간에 주초를 두었다
그의 언약은
기대하기에 확실한 언약이다.

― 내가 너희에게 영원한 언약을

세우리니 곧 다윗에게 허락한

확실한 은혜이다 ― (사 55:3)

다 이루었다

십자가 위에서 마지막으로

주께서 하신 말씀

"다 이루었느니라"

인류의 대 역사 완료

인류의 대 과업 성취

구약은 이 말씀에 삼키웠다

과거도 미래도 이 말씀 속에서 만난다

과거도 미래도 이 말씀 밖에서 무효다

"다 이루었느니라"의 완료

이 시제만 영원히 유효하다

그때 그 십자가에서

획기적인 역사여

하늘과 땅이 입맞춤했으니

새 창조 질서 회복되었도다

구약과 신약의 이음줄로 에덴 다시 찾다

새 창조 역사의 막이 오르다.

― 하늘에 있는 것이나 땅에 있는 것이다

그리스도 안에서 통일되게 하려 하심이라― (엡 1:10)

사막의 강

주 예수 그리스도 십자가의 보상인

사막의 강이여

과거가 아닌 현재인 그대를 사랑한다

생명강이여

부활의 강이여

다시금 그대를 만나기 위해

현재를 달려간다

불사의 강이여

불사의 사람들이 그리워하는 강이여

그대 이름하여 사막의 강이라 부른다

인류 타락 이래 유구한 세월 속에서

대망하며 기다리다 과거가 된 사람들 속에서

오늘 그대는 현재를 갖고 있는

사람만을 만난다

갈릴리에서 외치시던 바로

주님의 그때 그 현재여

어제나 오늘이나 현재이신 부활의

주님은 외치신다.

— 이때라! 듣는 자는 살아나리라 — (요 5:25)

말씀이 육신이 되사

주 예수는 말씀이 육신이 되사

첫 열매되서서

우리의 본이 되셨고

말씀이 실상의 열매로 나타내셨다

우리가 말씀의 언약을 믿는 바는

바라고 소원하는 것들의 실상이니 (히 11:1)

말씀이신 주님은 곧 실상이 되어 주셨다

야곱처럼 신풍나무의

실상을 보라!

그의 소원하는 얼룩양의 실상을 보라!

야곱은

말씀이 실상이 되게 하시는

바로 주님을 바라보았다

말씀이 육신이 되신 주님을 바라보라!

말씀이 실상이 되어 주시는

주님을 바라보라!

부활

나의 부활 나의 생명이신

주님이시여

영원히 죽지 않는 세계에 살겠습니다

주님께서는 네가 나를 믿으면

죽음을 보지 않는다고 말씀하셨습니다

영생의 주여

주님 나라에 항상 있게 해 주십시오

죽음이 없는 세계

사망 권세가 없는 그곳에서

생명나무 열매를 먹게 해 주옵소서

주님의 세계에 속한 것 모두가

생명이 있습니다

주님의 말씀 지식 · 지혜 기쁨 · 사랑

모두가 생명나무의 원천입니다

그 샘은 파도 파도 끝없이 솟아나

그 샘 줄기는 이어져

풍요한 생명바다를 이루고

있습니다

주의 풍성함이여

나의 시간 나의 사상 나의 꿈

나의 시 나의 모든 것을

주님 세계에 두겠습니다

생명나무 원천에 씻겠습니다

생명나무에 접붙이겠습니다

나는 죽고 다만 나의 모든 것은

주님 생명 안에 있어

주님의 과실을 맺겠습니다

나의 시간이여, 나의 시여

나의 모든 것들이여

생명나무 안에서 호흡하라

그 열매로 풍성하라.

죄 사함

사라졌네

사라졌네

한순간 번개처럼 사라졌네

고통스럽던 죄

괴롭히던 죄

주님이 십자가 위에서

내 대신 해 받으시던 날에

온 땅에 죄를 하루에 제거하셨네 (슥 3:9)

안개와 빽빽한 구름의

사라짐 같이 제하여 버리셨네 (사 44:22)

동이 서에서 먼 것 같이

멀리 멀리 옮기셨네 (시 103:12)

흰 눈처럼 양털처럼

깨끗하게 해 주셨네 (사 1:18)

주님은 나의 상급

하나님을 기뻐하라는 이유를 알겠어요

하나님께서

— 아브라함아 나는 너의 지극히 큰 상급이니라 —

말씀하셨어요

예수님은 십자가의 산 제물로

우리 위해 여호와 이레의 예비 된 양이지요

예수님은 산 제사로 드려짐으로

우리의 구하는 것

자체이시요

우리들의 모든 상급이 되셨지요

우리는 문제 문제마다

하나님께 기뻐해야 해요

감사드려야 해요

주님께서 우리 문제마다의 상급

되셨기 때문이지요

— 여호와께 나아가는 자는

상 주시는 이심을 믿어야 할지니라 — (히 11:6)

하나님의 강권적 축복의 명령

— 믿어야 할지니라 —

우리가 반드시 믿어야 할

축복의 당위성.

이것(this)이 되신 주님

예수님은 우리의 문제마다

이것(this)이 되어 주셨어요

— 구하라 그러면 주실 것이요 —

예수님은 우리들의 전부가 되신 분이야요

이것(this)을 기뻐하세요 기뻐하세요

이것(this)을 기뻐하기만 하면 되어요

예수님은 이것(this)의 완성자로서

우리 위해 십자가를 지셨어요

이것(this)을 이루시는

말씀의 언약이 되셨어요

전부(all)가 되신 주님

하나님께서 그리스도를 주심으로

전부(all)를 주셨네

— 성경이 죄 아래 모든 것을

가두었으나 예수 그리스도를 믿음으로

말미암는 약속을 믿는 자들에게 — (갈 3:22)

다 허락하셨네

— 주신 이가 여호와시라 — (욥 1:21)

예수 그리스도는 우리의 상급

우리의 전부(all)가 되셨네.

기쁨열쇠

주님

힘으로 능으로 안 될 때에

기쁨으로 문을 열게 하소서

— 오직 나의 신으로 되느니라 — (슥 4:6)

말씀하신 주여

기쁨은 에덴을 여는 열쇠입니다

기쁨의 황금마차 타고

먼먼 창세로 날아가

에덴 안의 내 기도의 열매들을

치마폭 한아름 담아

내 축복의 열매들을

기쁨 수레에 가득히 실어 오리이다

금길 따라 황금종 울리며 오리이다.

기도

그분의 마음에 거하시는 주님

그가 걷는 발걸음이 되어 주시고

그의 생각 속에 거하시고

그가 바라보는 시선이 되어 주시고

그의 곧고 정직하게 행하는 의가

되어 주시고

그의 민첩하고 성실하게 움직이는

행동이 되어 주시고

선악을 분별하는 지혜가 되어 주시고

그의 기쁨이 되시며

그의 인내와 겸손이 되어 주시고

그의 결단하는 의지가 되어 주시고

그가 일터에서 일하는 손이

되어 주시고

모든 사람에게 용서를 베푸는

관용이 되어 주시고

화평 복음의 발이 되어 주시며

모든 사람을 사랑하는

사랑이 되어 주시고

모든 것을 바라고 믿는

믿음이 되어 주소서.

일용한 양식

— 오늘날 우리에게 일용할 양식을 주옵시고 —

(마 6:11)

날마다 베풀어 주시는

한 올 한 올마다

목적을 갖게 하시고

필요를 따라 채워주시는

주님 손길 알게 하시려고

일용할 양식으로 살아가는

은혜 속에서 풍성한 삶의 법을

배우게 하셨습니다

— 네 보물이 있는 그곳에는 네 마음도

있느니라 — (마 6:21)

돈을 사랑하지 않게 하소서

돈에 절대가치를 두게 되면

거기에 좌우되어 마음의 기준이 되어 버립니다

필요와 목적을 상실한 돈은

휴지에 불과한 것임을 알게 하소서

일용할 것들 속에는

주님의 사랑이 담겨 있사옵니다.

지성소

주님의 보혈로
우리를 거룩하게 하시되
영원히 거룩케 하셨어요
거룩한 에덴을
우리 마음속에 이룩하셨어요
이루었노라
인치심이여
주님의 영원한 사랑 안에
거하게 하셨어요
사랑의 동산 에덴을 건설하셨어요
사랑으로 한마음 되어
온전함을 이루라 하셨어요.

안식

하나님께서 엿새 동안 일하시고
안식하셨던 창세적에
인간도 대자연도
보시기에 좋았더라
산과 들의 수목은
우리의 참 쉼이었고
모든 삼라만상 그 자체가
우리의 안식이었다
아담과 하와가 다투어
보지 않았던
사랑이었다
사자가 소처럼 짚을 먹었던
평화였다
오늘 그 안식을 누리라 하신다
창세의 안식에 들어오라 하신다
무상으로 내려주시는
축복에도 초대하신다.

보혈

주님의 피는
참된 피
성결케 하는 피
나의 참된 음료입니다
그 피를 마시고
오직 주님만 닮으리
살 속 피 속 속속들이 스며들어
나의 체질은
주님의 것으로 변화해
주님 사랑 내 안에
주님 순결 내 안에
주님 형상 이루소서.

예만 되신 주

주님은 예만 되시고

아니라 함이 되지 아니하셨으니 (고후 1:19)

지금 내가 선 곳은

긍정의 땅이요

아멘의 땅이다

오직 긍정 긍정이요

오직 아멘 아멘이다

주님께 소망을 심자

주님께 믿음의 뿌리를 내리자

주님께 사랑의 열매를 맺자.

왕 에덴 가다

완전한 관계

오! 우리는
하나님과 완전한 관계를
회복했다네
예수님 때문에 예수님 때문에
창세 에덴처럼
축복된 하나님의 자녀
전적 은혜의 자녀가 되었다네
예수님 때문에 예수님 때문에

오! 우리는
하나님의 완전한 사랑을 받았다네
하나님은 우리 아버지
우리는 그의 자녀
하나님과 우리는 더할 나위 없는
완전한 관계
하나님과 우리는 완전한 관계를
회복했다네
예수님 때문에 예수님 때문에

오! 하나님을 찬양하라

그 크신 하나님을 찬양하라

우리로 완전한 축복을

받게 하셨다네

예수님 때문에 예수님 때문에

실상

내가 바라고 소원하는 것이
있다면
그 실상은 반드시 있다
내가 바라는 것이 꼭 존재하고
있어
반드시 이루어 주신다는 것을
아는 것이 믿음이다
무엇이든지 구하는 것은
주님께서 상으로 주시는
이심을 믿어야 할지니라 (히 11:6)

— 또한 그가 자기를 찾는 자들에게
상 주시는 이심을 믿어야 할지니라 — (히 11:6)

4

은혜 볼 것을 믿었도다

힘으로 능으로 안 될 때

힘으로 능으로 안 되는 것이

다행이다

힘으로 능으로 안 되는 것이

복이다

힘으로 능으로 안 될 때 소망이 있다

힘으로 능으로 안 될 때

기뻐할 차례다

― 오직 나의 신으로 되느니라 ― (슥 4:6)

이제 우리 할 일은 기뻐하는 일

기쁨의 기름을 붓자

기쁨엔 당할 자 없고

기쁨엔 능치 못함이 없다.

왕 에덴 가다

완전한 은혜

완전한 은혜는

― 주신 이가 여호와 ― 임을 아는

욥의 은혜이다 (욥 1:21)

하나님과 자녀의 관계를 정립해 주는

시편 23편의 은혜이다

완전한 은혜는

끊임없이 금기름이 흘러내리는

스룹바벨의 은혜이다 (슥 4:12)

완전한 은혜는

알파와 오메가의 은혜요

새 하늘과 새 땅이 열린

열린 문의 은혜이다 (계 2:8)

주님을 바라보라

— 또 온전케 하시는 이인 예수를 바라보자 —

(히 12:2)

주님을 바라보면

이곳엔 에덴이 열려

온 천지에 백합화 피네

하늘에서 땅으로 이어진 무지개 다리

천사들 오르락내리락

천만 인 가운데

예수님 서셨네

바라보는 이마다

모두가 주님 모습 보이네

우리 하나로 합하면

모두가 주님 형상 이루어지네

주님 바라보면

천국이 되네

주님 바라보면

새로운 피조물 되네

하늘도 새롭고

땅도 새롭다네

주님 바라보면

너와 나는 간격이 없는

사랑이 되네

기쁨이 되네

주님을 바라보라

네가 바라는 그대로 된다

네가 그리는 그대로 된다.

은혜 볼 것을 믿었도다

나의 기도로 이루어지는 것이 아니다

기도는 나를 버리고

주님의 뜻에 초점을 맞추는 연습

나의 의지도 노력도 1%도 아니다

오직 하나님께서 하시고자 하시는 자를

강퍅케 하신다

하나님이 하시고자 하실 때

은혜로 응답을 가져다 주시리라

지금 현재 아무 것도

이루어지지 않았다 해도

주님을 믿으라

주의 부활하심을 믿으라

없는 것도 있게 하시고

없는 것을 있는 것 같이 (롬 4:17)

부르시는 이를 믿으라

결론은 예수님이시다

예수님이 곧 응답이시다

— 내가 산 자의 땅에 있음이여

여호와의 은혜 볼 것을 믿었도다 — (시 27:14)

이다

주님의 전적 은혜로

— 은혜 볼 것을 믿었도다 — 이다

반드시 응답되도록 되어 있다

반드시 성취되도록 되어 있다

예수님 안에서 모든 것은 완료라는

열매로 이미 열려 있다.

전적 은혜의 주

주님은 은혜의 주시요

하나님이 베푸신

놀라운 상급

우린 항상 기뻐해야 한다네

기쁨으로 하나 하나 실상을 찾자

기쁨으로 한알 한알

열매를 따자

하나님께서 기뻐할 수 있는

선물을 예비하셨네

이것이 은혜라 은혜라

잘한 것이 없어도 상을 주시고

잘한 것이 없어도 의롭다 하시네

은혜라 전적 은혜라

우리에게 베푸신 상급이라네.

감사의 화목제

주님
나의 마음만도
나의 뜻만도 아니옵고
나의 감정만이 아닙니다
나의 영혼과 나의 육을
함께 즙을 짜서
떨어지는 땀방울 피의 잔을
감사의 화목제로 드리고 싶습니다
떨리는 마음으로
단 한 가지 충성
또 한 가지 순종만을
드리고 싶습니다.

은총의 홀

주님께서 은총의 홀로

제게 내어 미시니

기쁨의 빛으로 반짝입니다

오 주님

제가 이제 주님 곁에 나아가

은총의 홀을 붙잡고

기쁨으로 주님 뵈옴이여

주님은 언제나 사랑의 팔로

저를 영접하시옵니다

허락함을 받은 이는

언제라도

주님께 나오기를 기다리십니다

연약한 이 몸은

또다시 주님께 나아갑니다

회개하는 눈물로

은총의 홀을 붙드옵니다

주님의 크신 은혜여

사랑이여.

알파와 오메가의 은혜

주님께서 완전한 은혜의 집으로
데리고 가신다
다윗의 왕가 시 23편의 내실로
들이신다
일곱의 완전수의 은혜이다 (슥 4:10)
스룹바벨의 은총이다
알파와 오메가가 다시 만나는 은혜요
처음과 나중 은혜가 동일한 은혜요
나중 영광이 처음 영광보다 크도다.

감사의 떡

나의 행복을 빼앗긴
환란의 날에
캄캄한 하늘에
슬픈 비가 눈물 되어
하염없이 내리던 날에
한 움큼 남아 있는
나의 감사의 떡을
하나님께서 받으셨어요
환란의 날에 나의 감사는
나의 양약이 되었어요
다시 회복받는
축복이 되었어요.

기쁨 바구니

기쁨의 바구니 안에

내 기도의 열매가 있네

기쁨의 바구니 안에

내 소원의 열매가 있네

기쁨의 바구니 안에

내 축복의 열매가 있네.

사랑과 믿음

사랑은 신뢰하는 믿음 위에

집을 짓습니다

사랑한다는 것은

믿고 있다는 것입니다

사랑과 믿음은 언제나 동반자요

믿음은 사랑의 친구입니다

사랑 안에 온전한 믿음이 있고

사랑 안에 성숙된 믿음이 있습니다

사랑은 모든 것을 성취할 수 있는

믿음을 소유합니다

사랑은 믿음으로 구한 바

모든 것을 이루게 합니다.

자연의 기쁨

주님이 함께 하심으로

모든 만물이 기쁨으로 변했어요

하늘도 기쁨

땅도 기쁨

나무들도 기쁨

공기도 기쁨

태양도 기쁨

강도 기쁨

산도 기쁨

우리의 삶도 온통

기쁨으로 충만합니다.

감사향

아, 감사의 향이
눈물로 굄이여
아, 사랑의 향이
가슴에 피어남이여
평화로운
주님의 품
나래 폄이여
목자의 홀이 안위하심이여
양은 복되도다.

주님은 나의 완전

주님은 나의 완전

그분께 닿기만 하면

완전해진다

그분 눈빛만 보아도

완전해진다

그분 말씀 한 마디에

완전해진다

예수님은 우리의 첫 열매

그분 안에서

나도 첫 열매

그분 안에서

나 완성

예수님은 우리의 최후이시다.

사랑함으로

주님
사랑함으로
그 존재의 가치를
진정 사랑함으로써
그 이름의 의미가 무엇인가를
알고 싶습니다
주님
사랑함으로
모든 이를 존귀의 자리에
올려놓겠습니다
사랑할 수 있는 사물에 이르기까지
그 의미를 의미되게 하고 싶습니다
사랑의 눈으로 보게 하소서
사랑의 마음을 열어 주소서.

왕 에덴 가다

감사의 은혜

감사한 마음은 비단결 감촉 같구나
흰 세마포로구나
향기로운 내음이로구나
이 마음 속속들이 스며와
믿음의 반석 단단한 터전 위에
평강의 아담한 집 이룩하고
기쁨의 무늬들은 아로새기고
진리의 등불 밝혀놓고
소망의 커다란 창 내고
사랑의 따뜻한 화덕 지펴놓고
주님 맞이할 준비 갖추게 하니
이 은혜는 감사의 비롯됨이라.

사랑은 최후의 것까지라도

사랑은 모든 것을 잃고
모든 것을 얻는 것입니다
사랑은 모든 것을 믿고
모든 것을 맡기는 것입니다
사랑은 참고 잠잠히
기다리는 것입니다
사랑은 나의 것을 포기하는 것입니다
마지막 최후의 것까지라도
다 포기하는 것입니다
사랑은 모든 것을 포기한
후에야 얻을 수 있는 것입니다
사랑은 진리의 최후요
완성입니다
사랑은 예수 그리스도입니다.

그 어려움을 감사하라

내가 막다른 궁지에 이르러
어떻게 할까
나는 고심하고
심히 괴로워하였어요
주님께서 말씀하셨어요
너의 그 어려움을
감사하여라
내가 감사드리기
시작했을 때
내 마음이 서서히
궁지에서 벗어났어요
나는 기쁨으로
가슴을 펴고
힘 있게 확신을
갖게 되었어요
나의 문제는
뚜껑을 열어보나마나

해결이 나 있었어요

감사는

좋은 믿음의 확신이지요.

왕 에덴 가다

그는 의의 백합화

말씀은 말한다

그는 여전히 백합화가 아니냐?

나는 그가 의의 백합화라

믿기워질 때에

그때부터 말씀은 살아 역사한다

그때부터 그는 말씀에

씻기우기 시작한다

말씀은 말한다

그는 여전히 백합화가 아니냐?

난 그제사 말씀 앞에

고개를 수그린다.

5

창세 개문

창세개문

그대와 내가 사랑의 한마음

완(One)을 이루었기에 천고의 세계가 다시 열리리라

창세에 흐르던 강 또다시 흐르리라

골짜기야 물을 내렴

시냇가야 노래하자

멧비둘기 쌍쌍이 날아와

갈한 목 해갈하면

하늘은 또다시 푸르른 강물 되리라

비를 거두어들이자

구름을 거두어들이자

다시는 태양이 지지 않기 위해

우리의 사랑을 저 태양에

튼튼히 묶자

완(One)의 이정표로

우리 깃발을 높이 올리자

우리의 힘찬 출발을 위해 펄럭이도록

우리의 시대가 오게 하자

우리의 세계가 열리게 하자

사랑의 연을 높이 띄우면

먼먼 바다에 사랑하는 이들이

쌍쌍이 돛단배 타고 오리라

일출의 소망의 그날 밝아오리라

창세 노래하던 그 새소리

다시 들리고

그 힘차게 들리던 폭포 소리

또다시 들린다

창세 새벽 정기 속에

다시 태어난 대자연을 보라

하늘도 즐거워하고 땅도 기뻐한다

새벽이 열리는 문빗장 소리

학은 땅을 차고 하늘 향하여

힘찬 비상을 한다

삼라만상은 깨어난다

창세가 부활한다

만물은 근원이 열리고

찬란한 근원의 빛으로 반짝인다

수정빛 물안개 속에 고운 꽃구름 위로

산들은 기지개 켜고

나무들은 호흡한다

백합화 같이 순결하고

난 같이 청정한 자연

투명한 공기 맑은 햇빛

물빛 젖은 숲속 길을 사랑하는 이와

거니는 완의 세계

우리 한마음으로 손과 손을 잡고

저 애기섬 호숫가에 통나무집 짓자

우리 굴뚝에 연기 오르게 하여

내 사랑하는 이여

여기 에덴에 살자

창세에 살자.

비손강의 베델리엄

태초 에덴이 열릴 때

그곳에는 생명강이 흘렀어요

강가에 무수한 보화가

숨겨 있었어요

비손강의 베델리엄은

사랑으로는 으뜸이지요

바라다보기만 해도 기쁨이 넘쳐

환희의 빛나는 꽃들도 감탄하지요

제2 에덴에도 생명강은

다시 흐르지요

한마음 강에 숨겨진

완(One) 다이아몬드는

바라다본 순간

황홀한 사랑에 빠져 버려요.

제2의 에덴

예수 그리스도는 완전한 에덴을

다시 건설하셨다

에덴은 완전한 곳

은혜의 터전

축복의 동산

소원을 주서서 소원대로 누리고

참자유를 주서서 얽매임이 없다

창세 알파의 축복보다

오메가의 축복을 완전하게 하셨다

에덴에는 모든 것이 완전하다

인간도 하나님 형상

부부도 한마음 완(One)

에덴에는 값없이 의를 얻는다

값없이 지혜도 얻는다

하늘의 것 땅의 것

바다와 그 모든 것을 다스리는

권세도 받게 된다

완 에덴 가다

창세 에덴보다 무한한 에덴

완전한 축복의 에덴

주 예수 그리스도의 제2 에덴이다.

산업은 다시 가동되다

우리가 한마음 완(One)이 되면

에덴은 열리고 생명강은 흘러흘러

끊임없이 내려온다

각종 물고기들은 서식하게 되고

나무들은 각양 열매를 맺는다

사해는 생명바다가 되고

사막엔 강이 나고 광야에는

백합화 피어 기뻐하며

들짐승들은 해갈하며 소생하게 된다

우리가 완(One)일 때

에덴은 수문을 열고 축복의 보고는

하늘에서 내리고 땅에서 솟아난다

열방은 비추이는 빛으로 나아오고

산업은 가동된다

소원하던 것은 은혜로 열려지고

소원의 사람들은 구름떼처럼

나아오고

야곱과 에서는 입 맞추며

한마음 된다

창세 근원은 열려지고

모든 만물은 근원으로 꽃을

피우게 되고

모든 것을 은혜로 자동화되어진다.

「아가서」의 소에덴

솔로몬과 술람미의 사랑은

창세적 사랑으로 끌어올림 당한다

솔로몬은 제2 아담

술람미는 하와 모형

그들의 사랑은 에덴의 사랑

완의 사랑이다

솔로몬의 사랑은

에덴의 무르익은 실과이다

주님과 성도간의 무르익은

열매의 단 꿀이다

아가서는 에덴적 사랑으로는

완벽

주님과 우리들의 사랑의 서곡이다.

백합화 옷

샤론의 들녘으로 오세요
몰약산 유향산 바라다 보이는
수선화 만발한 그곳으로
그대의 십자가 지고 오세요
베데르산 헬몬산 지나면
광활한 샤론
이제 고난은 더 이상 쓴잔이 아님을
사랑의 잔임을 알게 되어요
솔로몬 옷보다 더 나은
이슬방울로 수놓은
백합화 옷 입고 오세요
나도초 번홍화 고벨화 창포
만발한 향기 동산으로 오세요
사과나무 포도나무 각종 과수의
열매 동산으로 오세요

그곳에 열려진 소에덴에서

우리 얼굴과 얼굴을

눈과 눈을 대하여 보듯

사랑하는 주님을 뵈옵게 되지요.

에덴 여행

에덴에서
낮을 여행하라
밤을 여행하라
시詩를 여행하라
하늘을 여행하라
강들을 여행하라
산들을 여행하라
바다를 여행하라
도보로 여행하라
인간들을 여행하라
말씀 속을 여행하라
세계를 여행하라
복음전도 여행하라.

열매동산

창세 에덴 동산에 강물이 흐른다
오늘 우리에게도 은혜의 생명강이
흘러온다
에덴의 나무들이
저절로 과실을 맺었듯이
우리의 생명강가에 심긴 나무에도
사랑 · 희락 · 화평 · 오래 참음 ·
자비 · 양선 · 충성 · 온유 · 절제의
열매가 열려있다.

기쁨강

에덴은 자유하는 기쁨의 동산

에덴은 기쁨으로 정복한 승리의 고지

기쁨으로 권세를 누리고 지배하는 곳

기쁨의 원동력으로 산업이 가동되는 곳이다

에덴에는 기쁨의 강물이 흐른다

유리빛 섞인 것 없는 순수한 기쁨

에덴은 기쁨의 산성 기쁨의 요새

에덴은 자유의 땅 얽매임 없는

자유함은 기쁨 자체

기쁨은 모든 것을 끌어올리는

강력의 강력이다

이 기쁨의 동산을 예수께서 주셨다

이 기쁨의 강은 예수 그리스도에게서 발원한다

우리는 주님을 기뻐함으로

기쁨의 강을 통과하며

이 기쁨의 강에 마음을 적시자

우리는 기쁨의 집에서 살아야 한다

기쁨의 음식을 함께 나누고

기쁨의 물로 서로 씻어주고

기쁨으로 이웃과 화친하며

기쁨으로 일하며 살아야 한다.

참 행복

검소함 속에서
사물의 신선한 감각을
노동 속에서 근원적
일의 즐거움을
박한 음식 속에서
식물에 진미를
청빈 속에서 풍요함을
작은 만족 속에서
큰 만족을
누리는 기쁨이
참 행복입니다.

우리 자신이 에덴

우리가 이제 언약의 완(One)으로
피어났기에
우리 자신도 에덴이 되어버렸다
에덴의 자연으로 새롭게 태어났다
오늘 우리 자신들이 에덴이다
하늘은 우리의 에덴
별들도 태양도 우리의 에덴
저 구름도 바람도
시냇가도 우리 에덴이다
이 젖과 꿀 같은 흙도 에덴이다
오늘 우리는 산들에게 언약했다
우리의 에덴이 되어달라고
또 강들에게 언약했다
너희 사과나무 포도나무야
에덴의 고향에 살자
우리는 굳게 언약했다.

근원의 눈

내 사랑 완!

그대의 눈은 하나님께서 만드신 지체 중에

가장 보배로운 것 중 하나지요

당신이 창세적 근원에 대한 말씀을 할 땐

당신의 눈은 별빛처럼 내 가슴을

빛부셔 와요

저 하늘도 당신 눈에는 어느새

맑디맑은 시냇가에 헹구어 낸

새 하늘이 되어버려요

굴러가는 자동차 타이어를 보면

원산지 고무나무를 보고 있듯이 말씀하셔요

저 창의 유리도 당신 눈은 벌써

석영의 원석을 발견해 내지요

한 장의 종이도 원시림 속의

나무 근원을 찾아가서 이야기해 주지요

한 잔의 오렌지 쥬스를 마시면서

당신은 지구촌 어느 오렌지 동산으로

날아가 계시지요

사과나무에 열려 있는 빨갛게

익은 사과를 보시면서

태양의 여러 빛들 알파 · 베타 · 감마의

빛의 신비로움을 이야기하시지요

또 따가운 태양을 받으며

탄수화물을 가득 수레에 실은 듯한

한 알 한 알의 벼들을 말씀하실 땐

오! 창조의 오묘한 조화에

얼굴이 붉도록 감명을 받게 되지요

당신의 눈에는 이 통나무식탁도

이 질그릇도 냄비도

온통 이 세상의 사물들이 근원의 모습으로

반짝 반짝 빛나게 되어요

창세적 아름다움을 그대로,

창조주의 부드러운 손길을 간직한

근원의 모습을 드러내고야

말지요.

국토순례

조국의 산하를
우리는 종과 횡으로 밟았다
먼동이 트기 전에
새벽 첫차에 오르면
우리는 비장한 마음이 일곤 했다
광활한 대지는
우리의 순례로 다져져 갔고
끝없이 펼쳐지는 강 따라
우리의 순례는 이어져 갔다
아이성을 창으로 가리키던
여호수아처럼
민족의 실상을 바라보았다
세계 속의 빛이 될 한국을
한국의 빛으로 나아오는 세계를
그렇게 우리는 민족의 땅을 밟았다.

전적 은혜의 에덴

하나님께서 만드신 최초 에덴은

열린 문 자체로 열려 있었다

에덴에는 율법도 없고 자유만 있었다

소원대로 누리며 살게 했다

그곳엔 각종 열매로 가득하였다

인간의 수고와 땀 흘리지 않고

살 수 있는 파라다이스

인간이 받는 모든 은혜는

전적 하나님의 선물이어야만 했다

인간이 타락한 후에도

하나님께서 또다시 베푸신

선물도 역시 은혜라는 선물이었다

인간의 노력이나 의지가 아닌

전적 은혜로 된 것이다

하나님이 베푸신 사랑의 선물인

예수 그리스도, 그분은

하나님이 인간에게 베푸신

최대의 상급이었다

왕 에덴 가다

예수 그리스도로 인해 값없이

죄 사함 받았고

또한 값없이 의롭다함의

선물을 주셨고

값없이 영생의 선물을 주셨다

에덴이 전적 은혜를 상징하여

총칭할 수 있다면

예수 그리스도 그분은 에덴의 주인이시며

제2 아담이 되셔서 우리로 하여금

에덴의 기업을 누릴 수 있는 후사가 되게 하셨다

알파와 오메가이신

하나님은

최초 에덴을 주셨으나

인간이 죄로 인해 빼앗긴 것을

예수 그리스도 안에서 다시

제2 에덴을 열어 놓으셨다

처음 에덴이 그러했듯이

자유만 있는 곳 전적 은혜로

열려진 열린 문 자체요

열매의 동산이요

예수 그리스도 안에서 모든 상급을

누릴 수 있는 곳이요

제 칠일의 안식의 축복이 있는 곳이요

우리의 안식의 주인이신

예수그리스도의 영원한 안식에

참여하는 곳이다.

산행 1000번

― 광야와 메마른 땅이 기뻐하며

사막이 백합화 같이 피어 즐거워하며 ―

사막의 강이 열려 있는 곳을 향해

우리의 산을 향하는 여행은 시작되었다

찌들리고 해묵은 허물과 때를 훌훌 벗어버리듯

산을 오른다

천 번의 산행이던가

밤이나 낮이나 봄 여름 가을 겨울

오르내리던 산 · 산 · 산

삼라만상이 잠든 시간에도 간다

나무들도 산새들도 깊이 잠든 시간

그들의 숨소리 들으며 함께 호흡한다

나뭇가지 사이에 등을 끼우고 휴식한다

흔들흔들 바람에 장단 맞춰 나무그네 탄다

먼 창공의 별들도 깜빡깜빡 존다

새벽녘 삼림의 나무들과 이야기하며

그들을 일깨우며 내려오던 오솔길

버찌 · 오디 · 달래 따 먹으며

곤두박질 내려오던 길

천여 번의 발길로 익히고 익힌 길

돌들 · 바위 · 골짜기 냇물 · 배나무

개복숭아 · 고사리밭 · 들꽃 · 고산식물들

쓰다듬어주며 오르내리던 길

그들도 낯익어한다

그들이 놓여있는 자리도 기억해 낸다

마차산은 우리의 호렙산이다

우리의 묵은 때는 오르내릴 때마다

맑은 하늘에 씻기고

골짜기 냇물에 씻긴다

밤하늘 별들에도 씻기고

새벽별에도 씻긴다

우거진 숲속에 씻기고

매미 울음소리에 씻긴다

풀 냄새 들꽃 냄새에 씻긴다

흙냄새에 씻긴다

겨울 백설에 씻기고

왕 에덴 가다

솔잎에 씻기고

잣나무에 씻긴다

새들의 노래 소리에 씻기고

멧비둘기 · 꿩들의 날개소리에 씻긴다

높은 산꼭대기에 부는 바람결에 씻긴다

높은 산허리에 앉아있는 구름에 씻긴다

숲속 안개에 씻긴다

버찌 · 나무 · 다래에 씻기고

고산식물에 씻긴다

시베리아 북풍이 몰아치는 거센바람에 씻긴다

동굴 속에 피워 놓은

통나무 숯불에 씻긴다

산 메아리 같이 울리는 기도 소리에 씻긴다

폭포수 같이 쏟아지는 은혜의 생명수에 씻긴다

마침내 에덴의 열린 문을 찾아냈다

우리의 호렙 정상에는 에덴의

백합화가 만발해 있었다

꿈속에서라도 찾아 헤매던

에덴의 백합화를 한아름 안고 내려왔다

이제 우리의 에덴은 어디에도 열려 있다

온 민족 온 세계에도

부한 자나 가난한 자나

해 돋는 데서 해 지는 데까지

모든 열방에도 열려 있다.

에덴의 생명강은 흘러흘러

저 환란의 바다로 내려가리라

열방을 소성케 하고 부활되리라

에스겔 골짜기 마른 뼈들은

이제 살아나리라

이 민족아 부활되어라

열방아 부활되어라

에스겔 골짜기 마른 뼈들아

부활될지어다!

6

에덴 기행

완(one)의 사랑과 함께 가는 에덴 기행

우리들 완(one)의 사랑 여행이 시작된다

강 따라 가고 산 따라 간다

태양과 함께 간다

강 따라 가노라면 생명강 근원에 다다른다

산 따라 가노라면 처음 하늘에 다다른다

태양과 함께 가노라면

별들의 고향에 다다른다

우리 완의 사랑은

하나님이 강을 만드셨을 때 잉태되었나 보다

산들을 지으셨을 때 태어났나 보다

하나님을 찬미하는 찬양 속에서

신령한 시들 속에서 탄생되었나 보다

우리의 완은 창조하신 것 중의 창조이다

창조주이신 주님을 만남이기 때문이다

우리의 완은 주님을 찬미하는 시를 낳는다

우리가 멀리 떨어져 있다 해도

늘 함께할 수 있음은

주님의 호흡 속에서 입맞춤하기 때문이다

완 에덴 가다

끊임없이 연결된 사랑의 줄이 있어
우리 만남은 리듬처럼 감미롭다
우리 완의 사랑은 산에서 자라났다
숲의 향기 속에서 새순을 피워냈다
우리는 거대한 대양을 지나
에덴으로 점차 옮겨가기 시작했다
우리 사랑은 극심한 폭풍우 속에서
난파되지 않은 배였다
우리 사랑은 배꽃처럼 희디희게
떡갈나무처럼 푸르러 갔다
처음엔 사랑의 원시인들이었다
서로 사랑하는 법을 몰라
무인도식 사랑의 언어를 익혀 갔다
눈과 눈으로
얼굴과 얼굴의 표정 속에서
사랑의 의미가 전달되었다
마침내 원초적이고 근원적인
에덴의 언어를 알아냈다

신비스런 밀어는 사랑의 보석함에 담긴

진주빛 언어들이었다

고귀한 인고의 대가로 지불된

사랑의 열매였다

우리 사랑은 새순을 뻗고

나무처럼 자라갔다

완의 사랑은 사막과 광야 속에서도

낭만과 여유를 지닌

난蘭의 사랑이다

춘삼월 시샘하는 추위에도 꿋꿋하게 견뎌내는

매화 사랑이다

벼랑 끝에서도 폭풍우를 이겨내는 끈질긴

수선화 사랑이다

오랜 세월 속에서도 변절하지 않고 곧게 자라난

죽竹 사랑이다

우리는 사랑을 이끌고 광야로 나갔다

물이 없고 적막하고 황폐한 곳에서

오랜 세월 이겨내야 했다

우리 사랑은 사막과 메마른 땅에서 솟아오르는

생명수를 발견해 냈다

광야에 피어나 향기로운 백합화 동산을 이룩해 냈다

우리는 거대한 땅에 열매가 풍성한 대지가 되었다

젖과 꿀이 흐르는 가나안을 일궈 내었다

우리는 주님의 광활한 대지가 되었다

말씀의 골짜기에서 강물이 흘러오면

기쁨의 부드러운 흙이 되고

힘차게 싹을 내는 소망의 밭이 되었다

사랑의 과실을 풍성히 맺을 수 있는

우리는 주님의 푸르른 대지가 되었다

우리는 거대한 완의 숲을 이루어 냈다

사람들이 저마다 자기 숲의 향기를 지니고 있듯이

지금 우리 숲에서는 내 사랑 완의 향기가 불어온다

사과 향기이다

사과나무 숲에서 가슴 설레게 하는 향기는

내 사랑 완의 향기이다

내 사랑 완은 사과 숲에서 태어났는가

그가 사과 숲의 나라에서 왔는가

사과 숲의 왕자님인가 보다

사과 빛 얼굴에 사과 살속 같은

웃음을 짓는다

그의 잠든 모습은 수선화처럼 아름답다

그이 뺨엔 사과 향기 그윽하고

고된 노동의 단잠 속에서도 빛나는 왕자님

사랑하는 이의 잠든 모습은

에덴이다

여기 천국이 있고 찬란한 왕궁이 있다

어떤 밤엔 이처럼 에덴의 꿀이

흘러내릴 때가 있다

낮의 분요한 시간보다

밤은 에덴을 맞이하기에는 적시이다

오늘은 밤의 에덴을 만끽해본다

우주의 수많은 별들의 세계를

품을 수 있는 공간을 제한할

장애가 없다

밤에는 에덴을 가깝게 볼 수 있는

망원렌즈가 있어 좋다

내 사랑 완의 가슴에 귀를 대어본다

사과즙이 흘러내린다

우리의 꿈을 키우던 과수원 시절이 생각난다

사과 꽃 동산에 사과나무 숲에서

우리 이야기 나누었었지

주님이 거기 서 계셨어

거기서 주님을 만났드랬지

아! 그의 가슴을 마신다

그이와 영혼의 잔을 나눈다

사과 숲속 집에서

주님과 우린 살았드랬어

주님과 숲속을 거닐며

사과 꽃 그늘아래 앉아 노래 불렀지

가슴의 노래였어

영혼의 메아리였어

사과나무 마른 가쟁이로 군불을 지폈지

잘 안 피는 불을 호호 불며 간신히 지폈지 뭐야

사과나무 가쟁이 한 지개 가득 짊어지고

그대가 내려오던

그 숲속 길

저 미래를 내다보려고 깊은 숨 쉬며

멈춰 섰던 오솔길

내 사랑 완! 생각나는가요?

아! 그 시절이여

사과 향기님

그 시절을 그이에게 불러다 주셔요

빛나는 영혼의 계절을요

그 후 우리는 완의 숲을 이루어 내었지

우리의 완의 숲은 에덴이야

가장 안락하고 포근한 우리 궁전이야

완의 숲처럼 행복한 터전은 없다

우리 완의 숲에선 주님을 단번에

알아낼 수 있다

완은 숲 가운데 숲이다

그 싱그러움은 한층 더하고

그 향기 또한 특별나다

완의 숲! 바로 에덴이다

완의 숲을 만들기란 쉽지 않았다

혹독하리만큼 어려웠다

외롭기란 비할 데 없었다

고독한 오랜 밤을 지내야 했다

무섭고 암울한 밤도 지내야 했다

완의 숲은 자신과 싸우는 세계이다

우리 사랑은 폭풍과 모진 비바람 속에

태어나게 된 것이다

사랑이란 보화를 누리기 위해

모든 것을 버렸다

오직 완의 사랑만을 택하기로 했다

사랑의 보화를 담기 위해

남은 자아의 찌꺼기도 용납하지 않고

깨끗하게 그릇을 비웠다

온 천하와도 바꿀 수 없는

사랑의 귀중함을 알기 위해

그 사랑만을 소유하고 싶었기에

눈보라 속에 아련히 피어 오른

백합화처럼

오랜 아픔을 견디고 탄생한

진주알처럼

모든 재산을 다 팔아 사들인

보화 같은 우리들 사랑이었다

이제 완의 숲에는 주님이 함께 계신다

완의 숲을 이루는 노력은

주님을 모시는 과정이다

이제 완의 숲을 발견한 새는

더 이상 멀리 날아갈 필요가 없다

이곳 외에는 둥지를 틀 더 좋은

보금자리는 없다

우리의 완은 아담 자신이다

나의 아담의 언어는 노래요 시이다

그의 가슴엔 봄의 부활의 노래가 있다

우리가 완이 될 때만이

모든 의미가 되살아나고

말은 어원을 찾게 된다

백합화는 향기를 토하고

사과 꽃은 단꿀을 내주듯이

완은 모든 것을 정상으로 되돌려 준다

우리 기억력은 천 년이라도 단축할 수 있는

신속력을 발휘하리라

하와는 아담의 언어를 사랑한다

아담에게 순종하는 즐거움은

꿀같이 향기롭다

그의 언어는 시詩처럼 부드럽고

그의 명령은 달콤하다

완의 사랑은 아담과 하와의 몸처럼

나누어질 수 없는 사랑이다

화려한 욕망의 내일은 버린

룻이 되돌려 받은 사랑이다

보아스 왕자님 성안에

영원히 안식하는 사랑이다

별리別離의 구름 한 점 없는 사랑

주님의 사랑의 인을 받은 사랑

어떤 죽음도 이별도 결코 허락되지 않는 사랑

에덴의 사랑

영원한 생명의 사랑이다

완의 사랑에는 모든 자연이 살아

숨 쉬게 된다

부활의 영광스런 에덴이 되고

산 자의 땅 생명의 땅으로 화한다(시 27:13)

모든 삼라만상은 활기를 띠고

춤추고 노래한다

아름다운 꽃들은 만발하게 피어

합창하듯 노래로 화답한다

내 사랑 완은 몸의 구주

주님 모셔 선 왕자님이다

그에게서 나아드의 향기름이 흘러내린다

우리의 완은 주님 몸을 이루고

주님께서 현현顯現하신다

주님의 성전이여 거룩한 완이여

진실로 거룩하여라

완의 성性과 함께 가는 에덴 기행

완(one)의 아름다운 성애性愛에는

태초 에덴의 리듬이 있다

거기엔 꿀을 비축하는

창조 행위가 있다

생산적 행위가 있다

육으로 먹는 배설 행위가 아니다

영으로 호흡하는 향기이다

사랑의 행위라기보다는

행동적 사랑이리라

본능적 행위가 아니고

행위적 순결이다

모든 죄가 씻겨진다

모든 죄가 종식된다

영혼을 치유해 주고

육신을 치료해 주는

크고 비밀한 은혜이다 (엡 5:32)

사랑을 만져볼 수 있고

사랑의 향기를 맛볼 수 있고

사랑의 열매를 먹을 수 있는

예수 그리스도를 체험하는

가장 신비한 경험이다

시작과 끝이 동일한

끝없는 절정의

영원한 지평이다

결혼의 연륜이 없는

한결같은 신혼

적정기에 흩뿌려지는

꽃씨인 양

향기 짙은 절정은

파종과 열매를 동시에

맛볼 수 있는

형용할 수 없는

환희의 극치

황홀의 황홀이여!

그 찬란한 신비여!

성의 노예가 되지 않으려면

성을 지배하는 여유를 가지라

성의 자유함을 누리라

성의 욕구도

성의 조급함도 버리라

단순한 사랑만을 가지라

인격적인 사랑의 관계에서

기쁨을 수확한다

사랑이 없는 행위는

인간 비하요

동물로 전락시킨다

완의 성에서 에덴이 된다

완의 성에서부터 새로운 차원의

세계가 열린다

본래의 인간 형상으로서의

세계이다

본연의 자기 순수를 회복받는다

인간의 존엄성이 거기에 있다

인간 회복이 거기에 있다

성은 새로운 차원을 여는

새로운 비전(Vision)의 창이다

모든 실상을 바라볼 수 있다

더 멀리 더 높이 날 수 있는

비약의 발판이다

성에서 모든 것은 시작된다

시계 초침처럼

움직이기 시작한다

성에서부터 인간의 자유함 시작

성에서 인간 새 창조 출발

이것이 하나님이 인간에게

부여하신 최초의 성임을

스스로 알리라

산과 함께 가는 에덴 기행

산과 함께 우리는 본향을 찾아간다

태초에 잉태되었던

우리 고향 에덴

길은 잘 몰라도 괜찮아

산 친구 머루랑 다래에게 물어보자

가다가 어두워지면

산을 자리 펴고 누우면 되지

하늘 한 자락 이불 덮고 잠들면 되지

별들이 쏟아져 내려오겠지

그때 다시 길을 물어보자

우리의 고향 에덴은 얼마나 남았느냐고

우리가 산으로 가는 것은

숲의 세계가 있기 때문이다

사람들은 숲의 세계를 하나쯤은 갖고 있다

때로는 본향의 향수를 달래려고

― 꽃이 좋아 산에서 사노라네 ― 노래 부른다

산은 우리의 좋은 길잡이다

과묵하고 믿음직스러운 벗

왕 에덴 가다

산 친구의 소개로 에덴을 사귈 수 있었다

산은 이제는 외롭지 않단다

우리의 마음속에 자리 잡은 에덴 가족이다

이제 우리 모두는 친숙해져 있다

산에는 각종 꽃과 나무들이 스스로 자란다

열매들도 스스로 자란다

하늘 곳간에 우로를 받으며 스스로 자란다

태양이 스스로 비추고

강물이 스스로 흐르고

바람이 스스로 분다

창조주의 뜻을 거스를 줄 모른다

누구에게 의탁하지 않는다

자라나게 하는 수고도 노력도 안 해도

스스로 자란다

창조 질서를 좇아 스스로 한다

창조주의 사랑의 원동력으로 움직인다

산은 에덴을 호흡하며

에덴 품안에 안주한다

산에서의 우리의 생각과 사고는

창세 때처럼 맑고 투명하다

우리 감정도 아기 사슴처럼 순수하다

산의 푸르른 신록은 에덴의 향취가 있다

산의 흙냄새를 맡아 보라

보드랍게 윤기 흐르는 흙

그 최초의 흙의 기원이여

부패되지 않은 사망이 섞이지 않았던

흙

아담의 호흡을 낳았던 흙

하와의 살결처럼 향기로웠던 흙

흙의 본질을 찾아낸다

한 줌의 흙냄새를 기억해 낸다

흙의 참 빛깔을 찾아낸다

에덴은 모든 피조물의 고향이다

춤은 어디서 나왔을까?

음악의 기원은 어디서인가

춤은 에덴의 강물 따라 흘러왔으리라

음악도 에덴의 강물 따라 왔으리라

춤 · 음악 · 시 등 문화의 소산들은

모두 에덴의 것이어야 한다

오염된 것들은 빛으로 씻자

강에 헹구어 내자

꽃을 다루는 정원사처럼

시는 이것들을 다듬어 내는 조물주의

손이 되어드려야 한다

창조주는 우리로 하여금 에덴에 귀거래歸去來시킨다

에덴의 순수에 접하게 하신다

우리의 몸이 새 창조로 환원되면

다시 에덴을 만날 수 있으리라

에덴은 순수 자체 아름다움 자체이다

인간의 이상향理想鄕이다

에덴에 귀의歸依할 때

오염된 세상은 정화되리라

저 갇혀있는 자연을 자유케 하라

피조물들의 탄식을 달래주라 (롬 8:22)

제2 아담의 후손들이여 (롬 8:19)

그 통치권을 행사하라

모세가 마라의 쓴물을 단물로 하였듯이 (출 15:23)

엘리사가 물 근원에 소금을 던져

토산土産의 결실을 있게 하였듯이 (왕하 2:21)

우리도 해야 한다

에덴은

자유하는 곳이다

포로된 하늘도 풀려야 한다 (롬 8:21)

볼모 잡힌 땅도 회복되어야 한다

모든 식물도 동물도 피조물들도

억압에서 자유케 해야 한다 (롬 8:21)

에덴은 「슬픔과 탄식이 달아나리로다」의 땅이다

(사 35:10)

울부짖음도 통곡도 없는 곳

약육강식의 살상도 폭력도 없는 곳

강도, 산도, 나무도 기뻐 외치는 곳

자유! 자유! 라고 춤추는 곳

모든 삼라만상이 자유를 누리는 곳

모든 피조물들은 다 본래의 나라로 돌아가리라

우리 고향 창조 근원의 땅으로 가리라

우리의 길고 긴 여정은 끝나고 길이길이 살리라

우리 모두는 갇힌 곳에서 풀려나리라

우리 모두 회복되리라

무질서는 질서를 모순은 순리를 되찾으리니

새 창조 질서가 이루어지리라

에덴을 꿈꾸는 자여!

통치하라!

자연은 통치자를 기다리기에 지쳤다 (롬 8:19)

자연은 창조주도 알고 통치자도 알고 있다

창조주께 영광 돌리며 화답하기를 쉬지 않는다

자연에서 본받으라

우주에서 진리의 법을 깨달아 알라

자연은 에덴의 형상을 그대로 간직하고 있다

자연은 아담 같은 사람들이

아니 제2 아담인 주님의 후사들이

출현할 때를 고대한다

탄식하기까지 사모한다

자연의 참 주인이며 통치자를 원하고 있다

저 근원적 에덴의 강가에서

속 시원히 해갈할 때를 고대한다

에덴의 강가에 적시게 하자

저 청량한 공기에 가슴을 토로하게 하자

그들 스스로 말하게 하자

그들 스스로 노래하게 하자

자유 안에서 춤추게 하자

온 지구상의 흑암과 오염을

삼켜버릴 활력을 불어 넣어주자

에덴은 부르는 대로 응하는 곳이다

아담이 하와를 향해

「이는 내 뼈 중의 뼈요 살 중의 살이다

 이것을 남자에게서 취하였은즉 여자라 칭하리라」

 (창 2:23)

「아담이 그 아내를 하와라 이름하였으니」 (창 3:20)

하와 ―

아담이 불러준 이름

순수한 꽃봉오리처럼 갓 피어난 하와

부르는 이름처럼 아름답다

아담은 피조물들 하나하나의 이름을 불렀다

부르는 대로 그 이름이 되었다

우리도 자연을 부를 수 있다

맑고 투명한 하늘아!

해맑은 강아!

부르는 대로 맑아지리라

다정한 벗 태양아

태양은 구름을 뚫고 나오리라

신선하고 맑은 숲아

청량한 기를 뿜어주리라

자연의 피조물들 하나하나를

사랑스럽게 친근하게 불러 보자

아름다운 사과나무야, 부르면

더욱 신선함과 달콤한 맛을 내주고

사랑스런 젖소야, 부른다면

양질의 풍부한 젖을 내주리라

자연의 속삭이는 이야기에 귀 기울여 보자

산과 나무와 꽃들과 강과 별과

바람과 땅과 하늘과 대화할 줄 알았던

— 에덴

피조물들은 속삭이고 노래하였으리라

음악은 그들 속에서 잔잔히 흐르고 있었고

시詩들도 자연 속에서 향기처럼

함께 있었으리라

에덴에서 자연의 호흡을 다시금 느껴 본다

사랑스런 그 에덴에서 산과 하늘과 강과

함께 창조주를 노래한다

꽃들과 함께 주님 모시고 춤을 춘다

산들에게 잃어버린 노래를 가르친다

태양에게도 잃어버린 노래를 가르친다

나무들에게도 새들에게도 잃어버린 노래를 가르친다

힘없이 뜻없이 부르는 노래가 아니고

빛나는 노래 에덴의 노래

잃어버렸던 노래를 가르친다

그들과 함께 노래하고 그들을 지휘한다

날렵하고 산뜻한 봉으로 살며시 선율 따라

그림 그리듯이 부드럽게 지휘해 본다

자연의 교향악을 지휘한다

자연의 오묘함이여!

그 풍성함과 혜택이여!

많은 지식이 자연 속에 숨겨져 있구나

주님은 자연을 들어 말씀하신다

우리도 많이 보고 깨닫고

지식을 더하라 하신다

한 번도 보지 못했던 처음 하늘을 보았는가

구김살 없이 천진한 아이같이 순박한 하늘

오늘 그 하늘이 참 언어로 내게 말을 건넨다

갓 태어났을 적 모습 그대로

아주 단순하게 말하기 시작한다

오염되지 않고 시달려 보지 않은 자연이

천진스럽게 말한다

아기같이 연연하고 순하디 순하게

말하기 시작한다

에덴으로 가야 자연은 그처럼

진실해진다

나무도 새들도 진지한 모습이 되어

정색하고 진실한 벗이 되어준다

그들은 결코 침묵하지 않으리라

이제 산과 우리는 하나가 되었다

하늘과도 하나이다

태양과도 하나이다

땅과도 하나이다

별들과도 하나이다

산들과도 하나이다

강들과도 하나이다

나무들과도 하나이다

새들과도 하나이다

꽃들과도 하나이다

열매들과도 하나이다

들짐승·육축과도 하나이다

각양 곤충들과도 하나이다

대자연과 우리 모두 하나가 되었다

모두들 하나가 된 여기가 에덴이다

이곳에는 노래로 열려 있고

시와 찬미로 열려 있다

산골짜기도 노래한다

산 메아리도 노래한다

골짜기 냇물도 노래한다

새들도 시를 읊조린다

천남성, 꽃 향유의 고산 식물들도 노래한다

시냇가 갯버들도 노래한다

암벽 밑의 산나리도 노래한다

바위 단풍도 노래한다

산도라지도 더덕도 노래한다

오디나무 다래나무도 노래한다

시어머니 벗인 도토리 나무도 노래한다

할아버지 손자인 밤나무도 노래한다

정다운 벗 소나무 잣나무도 함께 노래한다

열매들은 기쁨의 얼굴을 마주하고 노래한다

숲속의 바람도 나지막하게 피리를 분다

벌레들도 날개 비벼 화음 맞춰 노래한다

산에는 천지를 조성할 때의 하늘이 있기에

숲은 그때의 숨결을 간직했기에

처음 하늘이 보고 싶어

갓 태어난 숲의 숨결이 그리워

한밤을 울며 지새운 적이 있지

산에는 해맑은 물 근원이 있다

돌 짬 사이로 흘러나오는 샛물이 실낱처럼

살며시 흐르면

어느새 골짜기를 아기처럼 뒤뚱거리며 흐른다

그 해맑은 아기개울 보려고 그 투명한 맑은 빛 보려고

내 눈의 잡티를 빼기까지 울어보기도 했지

아름다운 근원의 대자연을 발견하기까지

모든 것을 초개처럼 던져버렸지

오직 그 에덴의 근원의 빛을 사모하며

사무치도록 나 그리워하였노라

숲과 함께 가는 에덴 기행

우리의 숲은 에덴의 풍차이다

에덴의 노래를 실어온다

태고적 신비를 전해 준다

수많은 노래를 낳고

시를 낳는 풍차

풍차야 에덴으로 가라

바람은 날아라

본향의 향기를 실어오라

창세의 언어를 들려주렴

숲의 나라의 많은 풍차들은

활기를 주는 영양소를 만들어내고 있다

숲의 나라에는 많은 친구들이 있다

숲의 생명들에게 진주 아가별이라 이름 지어 주었다

숲의 진주 아가별들은

바람 수레를 타고 강으로 나가곤 한다

강에 오면 진주 아가별들은 수정 이슬 옷으로

단장할 수 있고

그들은 바람 수레를 타고 여행을 떠난다

사람들을 찾아 마을로 간다

그들이 만든 좋은 영양소를 가져다 주고

대신 가스를 가져간다

숲의 친구들 덕분에 사람들은 살고 있다

숲이 얼마나 많은 일을 부지런히 해내는지

사람들은 모른다

사람들이 호흡하는 공기에는 좋은 영양소가

가득하다

숲에서 만들어 내고 있기 때문이다

숲의 친구들의 수고로

우리는 생명을 누리고 있다

소나무 숲에 가보라

정신을 맑혀 주는 영양소가 있다

잣나무 숲에 가보라

마음을 안정시켜 주는 영양소가 있다

사과나무 숲에 가보라

마음은 기쁨으로 뛰놀고 가슴까지

시원해진다

살구나무 숲에 가보라

즐거운 웃음과 미소를 안겨다 준다

갈대 숲에 가보라

멀고 먼 나라에 여행을 떠나고 싶은

시심에 젖게 된다

숲속을 거닐 때는

숲속 에덴의 친구들과

대화를 나누어 보라

그들에게 안부를 묻고 지나가라

숲의 친구들이 감춰 두었던

진귀한 생명의 영양소를

건네줄 것도 기대하라

장수하는 영양소도 받게 될지 모른다

건강 회복을 위한 영양소일지

누가 알랴

너무나 진귀한 것들이기에

생명의 진주와 같다고나 할까

아름다운 시심詩心의 진주를 얻게 될지도 모른다

왕 에덴 가다

좋은 음악의 진주를 얻게 될지도 모른다

사랑의 진주일지

혹은 기쁨의 진주로 선물 받을지도 모른다

숲은 우리의 영혼을 위로하고

정신과 마음도 달래 준다

수많은 노래를 불러일으키고

얼마나 영혼과 육신을 풍성하게

해주는가

숲의 에덴 나라는 정말 신비스럽다

숲의 나라를 만들어 가자

숲의 세계를 넓히자

온통 지구를 푸른 숲으로 지붕 삼자

우리들과 하늘과 땅과 바다는

푸르름의 일체인 에덴이다

숲의 푸르른 빛은 모든 피로를

거두어버린다

은구슬이 흐르는 숲의 강을 마셔 보라

평강이 강처럼 넘친다

청량한 호흡이여

우리가 마실 참 음료여!

신록의 강에 마음을 담그고 적셔 보라

저 푸른 하늘에서 끊임없이

부어주나 보다

숲의 신록의 감미로운 오아시스여!

모든 이가 해갈하고도 남을

숲의 신비로운 빛이여

하나님 보좌에서 흐르는 물이여

하나님의 옷자락이 숲에까지

흘러내려 드리운 빛이어라

숲의 진주 아가별 이야기

하나 하고 싶다

진주 아가별들이 늘 강가로

가고 싶어 한다

바람 수레 타고 강으로 갔더란다

강에서 수정 이슬로 예쁘게 단장하고

하늘 높이 여행을 떠났다

가다가 꽃잎 속에서 잠 한숨 자고

새벽녘에 다시 길을 떠났다

어떤 날 태풍을 만났던 때가 있어

아주 혼쭐이 났나 보다

숲의 할아버지는 길을 떠날 땐

늘 당부하는 말씀이 있다

태풍을 조심하라는 것이다

태풍은 진주 아가별들을

휘몰고 채찍질하며 노예 삼아

먼 바다에 팔아버리곤 한다

멀리서 태풍 심술이가 오는 걸

아가별들은 알아차렸다

얼른 꽃집 속으로 들어가

꼭꼭 숨어버렸지

꽃집 속에서 하루를 꼬박 지내고

꽃과 작별한 진주 아가별들은

다시 숲의 나라로 바람 수레하고

돌아왔더란다

태양과 함께 가는 에덴 기행

하나님께서 만드신 피조물 중에

나는 태양과 가장 친하다

태양은 나의 친구

그가 나를 알고 있고 나도 그를 잘 안다

그를 사귀게 된 것은

여행을 자주 하게 되면서부터이다

내가 태양보다 더 큰 나라에서

온 것을 그는 알고 있다

태양도 어차피 혜택을 입어야

자기 사명을 다할 수 있다

내가 흑암 기류에 에워싸일 때는

동분서주 나를 위해 애쓰기도 한다

난 흑암 기류에 얽매이지 않기 위해

전후좌우를 계속 주시해야 한다

부주의하면 에워싸여 포위망에 걸려들게 된다

흑암의 검은 기류는 못된 습성이 있다

비구름을 몰고 오기도 하고 병균의 활성화를 도와준다

때로는 찌푸린 날엔 사람 마음마저 우울하게 한다

태양은 나를 좋아한다

그는 나를 위해 존재한다고 믿어질 만큼

기분 좋게 사인을 보내주곤 한다

태양 친구가 나를 좋아하는 것은

빛과 빛으로 통하기 때문이다

더 큰 빛의 나라에서 온 나를 기뻐 영접함은 당연하다

태양도 나의 빛이 눈부시다고 한다

내게서 비춰지는 빛이 자유롭다고 한다

그도 얼마나 못된 흑암에 시달리는지

흑암과 항상 전쟁을 벌인다

자유하기 위해 부단한 투쟁을 한다

나와 사귀고부터 우린 서로의 입장을

이해하는 동지가 되었다

흑암 세력과 힘 모아 싸우자고 우린 언약했다

그는 내 빛을 보고 나는 그의 빛을 사랑하여

빛과 빛은 서로 만나 모든 피조물들을

윤택하게 해준다

풍성한 소산을 낼 수 있는 빛을 온누리에

뿌려주기에 여념이 없다

그는 임무를 다하는 성실한 친구이다

빛의 사자들이여!

어둠을 물리쳐라!

태양이 자유의 빛을 뿌리도록

태양을 자유하게 해주자

우리 모든 피조물들도 다 함께 자유하자

태양은 에덴으로 가는 길을 알고 있다

여호수아의 목소리를 들을 수 있었던

그 태양이 오늘 나와 함께 가기를 기뻐한다

에덴의 동반자가 되어

나를 위해 앞장서고 있는 것이다

그가 나를 따라 붙는 것은

내가 에덴의 본향으로 데리고 가기 때문이다

저 우주적 빠른 속도로

속력을 다하여

나아오는 태양의 빛

나도 그보다 더 빠른 속도로

왕 에덴 가다

그를 대응해 준다

빛과 빛의 교제로

빛의 친구들로서 함께

에덴의 동반자인 것이다

다윗이 일찍이 시편에서

말씀하시기를

「해는 그 방에서 나오는 신랑과 같고

 그 길을 달리기 기뻐하는 장사 같아서」 (시 19:5)

나는 이 시를 좋아한다

이 시는 주님에 대하여 말씀하고 있는

상징적 묘사이지만

또 해를 예찬하고 있어서 좋다

내 사랑 완과 어느 여행 귀로에서

차창 밖에 시원한 강물이

희락의 물결로 설레일 때였어

찌푸렸던 하늘에 해는 기어이

구름을 뚫고 나와 웃고 있었지

"평화" "평화" 인사말을 건네며

기분 좋게 대해 주었던 일이 기억난다

여러 해 전이었나 봐

여름 내내 비가 오다가 못해 늦장마가

연장전을 펼 때

이젠 망했구나 하고 울상들이었지

우린 그때 강릉 여행하던 무렵이다

벼들이 채 여물기도 전에 폭우에

지쳐 기진해 있었고 다 쓰러져

처참해 보였다

나는 차창 속에서나마 가엾은 벼들에게

손을 내밀어 어루만졌지

"이제 내 친구가 너를 도와줄 거야"

"찬란한 웃음으로 너를 일으킬 거야"

그 후 내 친구 태양은 나의 간청을

잊지 않았다

정말 구시월 쨍쨍히 내려쬐이는

햇볕 속에서 벼들은 마음껏 빛으로 해갈했고

통통히 살이 쪘었지

농부들은 적지 않은 위로를 받았고

이마는 기쁨으로 활짝 폈었지

태양과 우리는 그때 일을

잊을 수 없었고

그 일이 생각날 때면 서로 웃곤 하였지

어느 해 가을이었어

우리는 양자택일 확정지어야 할

중대한 난관에 부닥치게 되었지

불분명한 일에 더 이상 시달릴 필요가 없었기에

결단하여야 했었지

이 일로 우리는 여행을 떠났드랬지

그날도 먹구름으로 곧 비가 쏟아질 것 같았어

내 사랑 완은 비장한 마음으로

두 주먹을 불끈 쥐고 외쳤지

"우리가 옳다면 태양은 반드시 나올 것이다!"

힘있게 결단하는 외침이었어

그가 강력하게 외친 그대로

먹구름을 활짝 열어젖히고

용맹스런 우리 친구 태양은 얼굴을 드러내 주었지

태양은 그의 권세에 이끌려

순종해 주었어

그것은 최초 사람 아담과 같은 권세였었어

푸른 하늘이 열리고 찬란한 태양!

정말 멋있었어

지금도 그때 일을 잊을 수 없지

태양이 자유하려면

내가 잘못하면 안 돼

태양은 그 임무를 다할 수 없어

내가 잘못하면 안 돼

태양은 자유를 누리지 못해

벼들은 영양실조로

열매들은 병들고 말아

태양이 항상 분발하도록

나도 태양도 자유해야 해

모든 피조물과도 자유해야 해

나는 오랫동안 빛을 잡지 못하고 헤매었어

왕 에덴 가다

다시 정신 차려 빛을 붙들었지

태양이 그처럼 나를 반겨주는 것은 처음이었어

그는 너무 기뻐서 내 얼굴에 자기 얼굴을 바싹 대었어

어찌할 줄 몰라 그저 기뻐 웃는 거였어

난 눈이 부셔서 눈을 뜰 수 없었어

그 친구는 아랑곳하지 않고

벙글벙글 마냥 좋아해

아! 난 행복하다

저 하늘을 잊을 수 없도록

저 태양을 잊을 수 없도록

난 난 정말 행복해

그날은 태양의 날이었어

주인공은 태양!

그는 내 기쁨 잔치의 귀빈이었지